KB106054

아픈 나의 청춘

아픈 나의 청춘

발행일	2020년 7월 8일		
지은이	김나연	그림	더넓은오션
펴낸이	손형국		
펴낸곳	(주)북랩		
편집인	선일영	편집	강대건, 최예은, 최승헌, 김경무, 이예지
디자인	이현수, 한수희, 김민하, 김윤주, 허지혜	제작	박기성, 황동현, 구성우, 권태련
마케팅	김회란, 박진관, 장은별		
출판등록	2004. 12. 1(제2012-000051호)		
주소	서울특별시 금천구 가산디지털 1로 168, 우림라이온스밸리 B동 B113~114호, C동 B101호		
홈페이지	www.book.co.kr		
전화번호	(02)2026-5777	팩스	(02)2026-5747

ISBN	979-11-6539-298-7 03810 (종이책)	979-11-6539-299-4 05810 (전자책)

(주)북랩 성공출판의 파트너

북랩 홈페이지와 패밀리 사이트에서 다양한 출판 솔루션을 만나 보세요!

홈페이지 book.co.kr • **블로그** blog.naver.com/essaybook • **출판문의** book@book.co.kr

괜찮지 않았던 날들의 시

아픈 나의 청춘

글 김나연 / 그림 더넓은오선

북랩 book Lab

목차

행복	8
행복한 섬	9
팔레트	10
벌레	12
골목길 가로등	13
김나연 혼난다	14
장미 문신	15
엄마	16
아빠	18
이성과 본능의 줄다리기	22
꿈이 생겼다	24
내 마음속의 밤	26
소나기	27
베갯잇	28
약	29
응급실	30
기절	31
아파트	32
바보	33
아팠던 나의 청춘	34
과거	36
쭈쭈	37
오빠	38
오사카 여행	39
꽃	40
감정	41

손톱 42

환시, 환청, 환촉 43

2,000만 원 주면 낫게 해 줄게요 44

눈물 46

불안 47

과호흡 48

화장 49

책 50

아이스 아메리카노 51

머리 52

뱀 팔찌 53

아침 54

춤 동아리 56

트라우마 상담 치료 58

탈색 59

빅스 60

남자친구 61

인공 잔디 62

물통 63

지나가는 사람 64

오버워치 65

네일 66

시험공부 67

병원 68

울적 69

터널 70

졸음 쉼터 71

카페 거리 72

작은 별 73

에세이집 74

고슴도치 75

구찌 반지 76

파란 귀걸이 77

요즘 듣는 노래 78

듣지 않았으면 하는 노래 79

젤라또 카페 80

구내염 81

나에게도 평온한
아침이 존재할 줄이야 82

힘든 척하지 마 83

티눈 84

개미 85

벽돌 86

담장 87

소나무 88

밤 산책 89

다이어트 90

나무 91

하늘색 가죽 가방 92

연두 시계 93

모기 94

레이스 잠옷 95

쓰레기통 96

보조 배터리 97

연필 98

돼지 저금통 99

〈겨울왕국〉 피규어 100

핸드폰 101

낚시 102

에어컨 103

전구 104

포근함 105

피곤함 106

핸드폰 거치대 107

옥상 108

본드 109

체중계 110

무지개 111

졸업 앨범 112

벽지 113

모형 114

행복 115

홀로 116

장미 117

그땐 몰랐다 118

마지막 이야기 119

행복

불어온다
한 줄기 바람이 내 마음을 아리게 한다
설레 온다
한 떨기 꽃이 마음을 부풀게 한다
한 떨기 씨앗이 가슴속에 내려앉아
뿌리를 내리고
내 온몸 구석구석에 뿌리를 내린다
아파 온다
시간이 지났다
내 온몸 구석구석에 꽃이 피었다
깨달았다
아픔 뒤엔 행복이 따른다는 것을

행복한 섬

사탕과 초콜릿이 없어도

어린이가 행복한 섬

돈과 명예를 내려놓고

웃고 있는 어른들이 행복한 섬

호수 같은 바다 앞에

삼삼오오 모여 노는

행복한 섬

마음이 아파도 자연의 소리로 치유가 되는

행복한 섬

행복의 섬으로

놀러오세요

팔레트

하늘에 파아란 색을 칠한다
내 마음에는 파아란 멍이 생긴다

하늘에 주황빛을 칠한다
내 마음에는 피로 뒤덮인 상처가 보인다

하늘에 흙빛을 칠한다
내 마음이 먹먹해진다

고요하고……
어둡고……

내 마음을 옥죄 온다
파아란 멍보다
피로 뒤덮인 상처보다
훨씬 찌릿한 느낌이다

대답 없는 하늘에 빌어 본다
검정색은 없애주면 안 되겠니?

그렇게 홀로 되뇌어 본다
흙빛을 이 세상에서 사라지게 해달라고

벌레

조그맣고 징그러운 벌레들은

참 열심히도 산다

사람들에게 핍박 받으면서도

참 열심히도 산다

밤이 되면 조그마한 불빛에도 환호하며

나란히 둘러앉아

뭐가 그리 좋은지

한참을 그 불빛 아래 앉아 있다

한편으론 원망스럽다

나는 밤이 오는 게 두려운데

벌레들은 밤이 오면 축제가 열리는 것 같아서

나도 벌레로 태어났으면 밤에도 행복했을까?

골목길 가로등

난 가로등 불빛 아래 춤을 춘다
나를 환히 비춰주는 조명 아래서
춤을 춘다
아무것도 없이 춤을 춘다
노래도 없는 삭막한 골목길 가로등 아래서
춤을 춘다
이러면 나비가 되어 날아갈 수 있을까
이런다면 아름답게 위로 올라갈 수 있을까?
난 오늘도 춤을 춘다
골목길 가로등 아래서

김나연 혼난다

김 나연은 정말로

나 비가 되어

연 인인 나를 버리고

혼 자 남겨두고

난 생 처음 보는 세상으로

다 버리고 가고 싶은 것인가

장미 문신

내 왼쪽 손목에는 장미 문신이 있다
또래 친구들은 커서 후회할 거라며
어르신들은 여자가 무슨 문신이냐며
지나가는 눈으로 한 번씩 흘깃 쳐다본다
아무도 모른다
그 아래에는 백여 개의 흉터가 있다는 걸
힘들 때마다 한 줄 두 줄
이 세상을 뜨고 싶을 때 육십 줄
또 다시 힘들 때 한두 줄
다시 한 번 이 세상에서 뜨기로 결심했을 때 오십 줄
나는 기억한다
아무도 없던 한적한 골목길 가로등 아래
뚝뚝 흐르는 빨간 액체를 보고
오열하며 미친 듯이 울부짖었던 그날을
아무도 모른다
내 왼쪽 손목에 왜 장미 문신이 있는지

엄마

"나연아, 우리 아빠랑 같이 밥 먹으러 갈까?"
"아, 싫어"
"그럼 엄마 아빠가 밥 먹고 잠깐만 보러 가도 되니?"
"아, 됐다니까 무슨 친구랑 있는데 자꾸 참견이야"
참으로 못났다
쥐면 터질까 안으면 엎어질까
등줄이 휘어가며 아기를 업고
축 처진 젖가슴에 아기 배 한 번
채워 보겠다고 옷고름 걷어 올려
우유를 먹이고
귀한 딸내미 어디서 기죽지 말라고
해 달라는 건 다 해 주고 살았는데
머리가 커 갈수록
자꾸 내게서 멀어진다
날이 가면 갈수록 예민해지는
딸의 성질에 집 안에서도 편히 쉬지 못하겠다
우리 딸 옷 이쁘게 다리고
방도 청소하고

포근한 잠자리 되라고 장판도 켜 주고

아픈 손목 부여잡고

하루 종일 만든 음식들을 두고 기다리며

너무 늦은 시간 어디서

해코지 당하진 않을까 노심초사하며

딸에게 조심스레 전화를 걸었다

참으로 못났다

난 너에게 많은 걸 바라는 게 아닌데 딸아……

내 가슴 찢어 문드러지게 하는 내 딸아……

그래도 사랑한다

아빠

"아, ×× 너는 왜 일을 이따위로 해!"
"죄송합니다 사장님"
하루하루가 힘들다
집에 들어오면 딸은 집에 없다
'어릴 땐 그저 곱디고운 한 나라의 공주처럼
예쁘고 착했는데
낯선 환경으로 데려온 내 탓일까?'라는 생각이
문득 든다
냉장고를 열어 시원한 캔 맥주 하나를 딴다
티브이를 틀어
내가 좋아하는 〈나는 자연인이다〉를 본다
'나도 노후엔 속세를 벗어던지고
저 깊은 산 속에 들어가
우리 마누라랑 알콩달콩 살아야지'
우리 집 딸내미는 초등학교 6학년 이후로
내게 마음을 열지 않는다
학교는 잘 다니는지, 친구들과의 관계는 어떤지
나는 딸내미 성화가 두려워

그 쉬운 말 한마디조차 건네지 못했다
여느 때와 다름없이
가족과의 소통을 단절하고 게임에만
집중하는 딸을 보며 한숨을 내쉬었다
"에휴"
나도 예전엔 회사 가면
딸 낳으라고, 딸만큼 좋은 것도 없다고
자랑하고 다녔는데
이제 내 딸을 보니 그러지 못하겠다
그러던 어느 날 내 딸이 울며 전화를 걸어왔다
"아빠…… 나 지금 내가 다니던 중학교야……
빨리 와 줘……"
이상함을 직감하고 급히 차를 운전해 나갔다
내 금쪽같은 딸내미 왼쪽 손목에는
피가 주르륵 흐르고 있었다
아차 싶었다
딸내미 혼자 애써 동여 맨 수건에도 피가 흥건해
줄줄 새어 나오고 있었다

급히 응급실로 갔다

"다행이에요 동맥은 안 끊어지고 정맥만 끊어졌네요"

이걸 다행이라고 해야 하는 걸까?

내 딸이 공황장애란다

억장이 무너진다

다음 날 서울의 대학병원 안전병동에

딸을 넣어두고는

아버지를 떠나보낼 때에도 보이지 않던 눈물을

지금에서야 꺼내본다

내 딸이 이렇게까지 아플 동안 난 뭘 한 거지?

혼자 자책했다

다음 날 안전병동에서 전화가 왔다

"아빠, 나 나연이……

여기 생활? 괜찮아 나름 지낼 만해"

짧은 대화를 나눈 후 또 눈물을 흘렸다

딸에게 좀 더 잘해 줄걸 후회도 했다

지금 내 마음은 공허하기 짝이 없다

이성과 본능의 줄다리기

나는 매일 밤

이성과 본능 사이의 줄다리기를 경험한다

"죽지 마! 가족들은 생각 안 해?

친구는? 남자친구는?"

"다 필요 없어! 힘들잖아

네가 더 이상 이겨낼 힘이 있어?

죽으면 이 고통도 끝이야 그냥 죽어 버려!"

아, 머릿속이 시끄럽다

다 닥쳐 줬으면 좋겠다

잠 좀 자고 싶은데 잠조차 청하지 못한다

감고 있던 두 눈을 번쩍 뜨고 급히

옷과 카드를 챙겨 나간다

정신을 차리고 보니

내 빨간 장미 문신보다

더 붉게 물들어 있는 팔을 발견했다

말이 나오질 않는다 헛것이 보인다

세계가 빙빙 돈다

휘청대며 아파트 벤치에 앉아 엄마에게 전화를 걸었다

나와 달라고

엄마는 나를 보고 아무 말도 하지 않으셨다

"괜찮아 놀라지 마 그럴 수도 있어

아직 네가 아프니까"

붉게 달아오른 내 손목보다

엄마의 붉어진 눈시울이

눈에 밟혔다

꿈이 생겼다

수도 없이 그은 손목에 흐르는 피
붉게 부어오른 팔목이 거슬린다
아무래도 제정신이 아닌 거 같아, 나
또 이성을 잃고 이러면 어쩌지?
괜한 걱정과 공포에 휩싸여
벌벌 떨었다
서울 대학병원 안전병동은 자리가 없단다
하늘도 무심하시지……
벌써 일주일에 네 번째 가는 건데
급한 대로 지역 안전병동에 입원을 했다
퇴원을 하니
1년 6개월 동안 치료해 왔던 모든 순간들이
물거품이 되는 것 같았다
여지없이 밤은 찾아왔고
어김없이 방황하던 찰나
'이 감정을 시로 표현해 보면 어떨까?'
라는 생각이 들었다
행복했다

어딘가 풀어나갈 수 있다는 게
내 마음을 정리해 나간다는 게
세상이 변하는 느낌이었다
'내 기분을 알리자 세상 사람들에게
힘들다고 외쳐 보자'
평범하기 그지없던 야심한 밤에
그렇게 한 소녀의 꿈이 생겼다

내 마음속의 밤

나는 밤이 무섭다
창밖은 고요하지만
내 마음은 요동친다
내가 좋아하는 화려한
네일도, 반지도, 팔찌도
그 행복은 삽시간에 사라진다
2미터짜리 파도가
아니
태풍이 휘몰아쳐
밤마다 내 속을 뒤집어 놓고서는
남겨진 부유물들만 동동 버린 채
혼자 가 버린다

소나기

소나기?

그거 뭐 잠깐은 맞을 수 있지

근데, 그것도 가만히 서서 맞고만 있으면

바보 천치 되는 겨

가끔씩은 피해 갈 줄도 알아야 혀

아픈 나의 청춘

소나기는 피해야지~

베갯잇

난 울고 싶을 때면
꼭 이불을 뒤집어쓰고
새우잠 자세를 청한 뒤
베갯잇에 얼굴을 묻는다
그래야 부모님이
내가 아파하는 걸
모르실 테니까

약

2019년 2월,
처음으로 제대로 된 정신과 약을 먹었다
정상적인 삶을 살기 어려웠다
1년 휴학계를 내고 온 나에게 걱정이란 딱히 없었기에
하루 온종일 잠만 잤다
어느 날부턴가
약을 먹어도 불안하고 초조하고 죽고 싶다는
생각이 가시질 않았다
최대치의 약을 복용 중이기에
더 이상 손 쓸 방도가 없었다
나을 수 있다는 희망이 무너져 갔다

응급실

또 숨이 가빠온다

시야가 흐릿해진다

정신을 잃을 것 같다

심장이 조여 온다

당장이라도 숨이 멎을 것 같아

벌벌 떨리는 두 손으로

비상약 하나를 꺼내

억지로 목구멍에 밀어 넣는다

한 시간이 지나도 나아지질 않는다

결국 찾아간 응급실에서

능숙히 수속 절차를 밟고 의자에 기대어

가쁜 숨을 몰아내 본다

후우,

수액을 맞으며 항상 생각한다

내가 여기를 그만 찾게 되는 날이 오긴 할까?

하지만 못 이기는 척 희망을 걸어 본다

오늘의 나는 죽어 있어도

내일의 나는 다시 달릴 것이기 때문이다

기절

"환자분! 환자분! 괜찮으세요? 정신 좀 차려 보세요!"

눈이 떠지질 않는다

어디선가 내 안부를 묻는 소리가 들려온다

'어어…… 여기가 어디지?'

마치 『이상한 나라의 앨리스』의 주인공이 된 것처럼

검정색 화면을 뚜벅뚜벅 걷고 있는 느낌이다

퍽, 퍽

'윽, 아프다 뭐지? 무슨 느낌이지?'

개의치 않고 더 깊은 어둠으로 걸어간다

삐용삐용,

"환자 분 ○○○○ 병원으로 이송하겠습니다"

차가운 공기, 낯선 느낌

눈을 떴다 기억이 나질 않는다

엄마는 옆에서 눈물을 주렁주렁 달고 계셨다

"엄마, 나 괜찮아"

응급실에 내려 다시 돌아갔다

그날따라 부모님의 어깨가

왜 그렇게 무거워 보였는지는

아직도 모른다

아파트

내 방에는 커다란 창문이 있다
그 앞에는 평범한 주택가
시끄럽게 짖어대는 강아지들
나는 주로 새벽에 내 방 창문을 들여다본다
새벽 2시
아직도 불이 켜져 있는 집이 있네
내 마음속에도 불이 켜지면 좋겠다

바보

외로워도 슬퍼도

나는 안 울어

참고 참고 또 참지

울긴 왜 울어

바보 같다

참는다면서

눈물을 흘린다

아팠던 나의 청춘

참 많이도 힘들었다
지금도 힘들지만
그래도 많이 버텨 줬다
살아 있어 줘서 고맙다고
희망의 끈을 놓지 않아 줘서 고맙다고
말해 주고 싶다
손목의 흉터가 내 지난 기억을
고스란히 끌어올린다
그래도 이제 아파하지 않으련다
날아가는 새들처럼 그 고통 고이 얹어
살랑 바람에 내다 묶어 보내 주려 한다

딸아

봄꽃처럼
피어라

과거

유치원 때부터
중학교 때까진
쉴 틈 없이 왕따를
숨통이 트였나
싶을 때쯤
고등학생 땐
끔찍한 상처를
그렇게 배운 담배를
아직까지 꼬나물고
애써 간 대학에
친구들은 하나둘 사라지고
클럽을 돌아다니며
테이블을 잡고
야한 옷을 입고
높은 하이힐을 신고
붉은 빛 조명 아래
취해서 몸을 흔들고
그렇게 내다버린 하룻밤이
나에게 다가와 큰 멍울로 남았다

쭈쭈

내가 슬플 때면 울지 말라고
내가 혼날 때면 혼내지 말라고
앙! 앙! 짖고
고 조그마한 발바닥으로
우리 집을 뽀작거리며
돌아다니다
잠이 오면 내 다리 속으로 들어와 폭 안겨
잠이 드는
귀여운 내 솜뭉치

오빠

우리 오빠는 참 무뚝뚝하다
어떨 땐 나한테 관심이 없나 싶다
내가 안전병동에 있을 때
오빠가 면회를 왔었다
엄마가 많이 슬퍼한다고,
아빠가 많이 아파한다고
그러고선
"힘드냐? 호텔 같고 좋구먼 왜"
참으로 미웠다
내 속도 모르고
1년 뒤에서야 알았다
그 1년 동안 내가 하는 옳지 못한 행동들을
부모님께 대변해 주고 있었다는 걸
나는 그 사실을 이제 다 아는데도
나한테 아무런 관심 없는 척한다
바보 난 다 아는데

오사카 여행

2019년 상태가 호전됐을 때
부모님과 함께 일본 여행을 갔다
이번이 마지막이라고 1년이 지나갔으니
더 이상 아프지 않을 거라고
꾹꾹 눌러 담은 세 명의 소망은
물거품이 되었다
"아듀, 2019!"를 외치며 좋아했는데
나는 2020년 3월, 또 안전병동에 입원하고야 말았다

꽃

나는 꽃을 좋아한다

향도 좋고 예쁘고 화려하니까

상담 치료를 받고 나면

꽃시장에 가서

꽃을 한 송이씩 사 온다

그러면 마치 내가 꽃이 된 것 같아 기쁘다

감정

공황장애가 심했을 땐
울지 않았다
아니 못 울었다
울고 싶어도 눈물이 나오질 않았다
디아제팜 5알을 먹고 진정제를
맞아도 울지 않았다
아니 울지 못했다
그 감정이 가슴속에 쌓이고 쌓여
응어리 져 딱딱하게 굳어 버렸다
시간이 지나니 눈물이 나기 시작했다
우울하면 울고 공황발작이 와도 울고
시도 때도 없이 울었다
차라리 다행이다
감정표현을 할 수 있다는 건
그만큼 감정이 살아 있다는 거니까

손톱

나는 손톱을 한시도 가만두지 못한다
네일 숍에 가서 비싼 돈을 들여
케어를 받고 이쁜 젤네일을 해도
삼일을 못 가 본드로
네일 팁을 붙이곤 한다
여느 때와 같이 목욕을 하며
네일 팁을 붙이고 나왔는데
온 손에 본드가 덕지덕지 붙어
손바닥까지 새하얘졌다
엄마는 아무 말 없이
내 손을 보고는 한숨을 쉬시더니
알코올 솜과 물티슈를 가져와
한 손가락 한 손가락
정성스레 본드를 떼내어 주고는
흐르는 눈물을 감추지 못하셨다

환시, 환청, 환촉

어두운 밤 골목길에 쪼그려 앉아

울고 있을 때

반쯤 정신이 나가

비틀거리고 있을 때

갑자기 새하얀 차 한 대가 나를 향해 돌진했다

비명조차 지르지 못하고 눈을 꼭 감고 팔을 올렸다

5초 뒤에 눈을 뜨자 차는커녕 사람 발길조차 없었다

무서워 집에 뛰어가는데

낯선 남자 소리가 들렸다

"죽어…… 죽어…… 죽으라고! 내가 죽여줄게"

눈물을 머금은 채

이불 속으로 들어왔다

갑자기 누군가가 나를 만졌다

두터운 남자의 손이었다

고등학교 때의 일이 생각나며

머리가 하얘졌다

그렇게 시달리고 나니

사지가 쑤셨다

그날은 정말 끔찍했던 하루였다

2,000만 원 주면 낫게 해 줄게요

강남의 한 심리 상담 센터에서

고가의 심리테스트를 요구받아

열심히 작성한 후 주었는데

결과가 참담했다

조현병 초기 증상이라니

공황장애도 힘든데 조현병 초기 증상이라니

급히 치료를 해야 한다며

다음 주에는 이곳으로 오라며 준 명함을 받고

그 장소에 갔더니

웬 더벅머리 아저씨가 꼬질꼬질한 옷을 입고

상담사랍시고 나타났다

그러더니 지갑을 툭 던지고 현금 다발을 냅다 던지며

"보세요! 이게 오늘 제가 받은 돈입니다!

전 사기 안 쳐요

이 트라우마 치료면

솔직히 3,000만 원은 받아야 된다고 생각합니다 전!"

나는 그 순간 자리에서 박차고 일어나
부모님께 일어나라고 말씀드렸다
상담사가 환자 앞에서
돈다발을 던지고 그런 태도를 보여?
아직도 웃기다

눈물

또 눈물이 흐른다
으, 지겹지도 않니, 넌
맨날 울기만 하고
남한테 민폐 끼치고 걱정이나 시키고

불안

이유 없이 불안하다

아닌가? 이유가 있나?

그럼 무슨 이유 때문이지?

도무지 원인을 알 수가 없다

손끝이 떨린다

주체할 수 없다

그러자 기다렸다는 듯이 발이 떨린다

상상해 보면 우스운 꼴일진 몰라도

사지가 발발 떨린다

이젠 이것도 그러려니 한다

과호흡

후, 하
처음엔 모른다
점점 숨이 가빠 온다
가슴이 올라갔다 내려가는 속도가 빨라진다
마치 자이로드롭에 심장을 매달아 놓고
수백 번 왕복하는 것 같다
아…… 이거 시작되면 또 기절할지도 모르는데……

화장

나는 새벽 5시쯤 일어나 화장을 한다
아무에게도 알려 주지 않았던 사실인데
나는 내 민낯에 "나 아파요"라고
써 있는 것 같아 보기가 싫다
그래서 자다가도 귀신같이 일어나
화장을 하고 다시 잔다

책

아프면서 책을 참 많이 읽었다

무미건조한 삶에 짜릿함을 맛보고 싶었고

그러다 보니 히가시노 게이고의 팬이 돼 있었다

짜릿한 살인 추리극과

나를 배신하지 않는 막판 반전까지

완벽하다

지금도 내 옆에 책들이 수북이 쌓여 있다

아이스 아메리카노

아침에 테라로사에서 테이크아웃으로 한 잔

저녁엔 카페에서 한 잔

복잡한 내 삶에 그나마 여유를 즐길 수 있는 시간이다

머리

잠을 못 자 머리가 무겁다

고민하지 말아야 될 걸

쓸데없이 고민해서 머리가 아프다

예고 없이 찾아올 공황 발작에

항상 긴장하고 있다

뇌가 쉬질 못해 과부하가 걸린 것 같다

나 좀 살려줘

괜찮아님

뱀 팔찌

퇴원하고 나니 아빠가 엄청 큰
은색 뱀 팔찌를 선물해 주셨다
이게 내 흉터를 가려 줄 거라며
조심스레 내 팔목에 채워 주셨다
밖을 나갔다
원래라면 불안해야 하는데
불안하지 않다
이 친구 덕분인가?
괜스레 말을 걸어 본다
어쩐지 듬직하다
마치 아빠가 보내 준 보디가드 같아

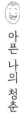

아픈 나의 청춘

아침

보잘것없는 글을 적다 보니 벌써 아침 6시가 됐다
'금연을 해 봐야지'라는 생각에
0.1㎎ 담배를 사 들고 금연 보조제에 끼워 넣어
숨을 크게 들이마신다
아파트 뒷골목에 앉아
하늘을 쳐다보는데
이리도 파랄 수가 없다
새는 지저귀고 푸른 잎은 바람에 살랑거리고
구름도 움직인다
둥실 두둥실
내 마음 같아 괜히 울적하다가도
'언젠간 내 마음도 무채색이 아니라
갖가지 색상들로 채워지겠지' 하며
담뱃불을 비벼 끄고 올라왔다

춤 동아리

나는 어릴 적부터 춤을 좋아했고
뭐…… 못 추지는 않았다
자랑을 해 보자면
고등학교 축제 때 1등,
엠티 때 1등,
과 축제 때 1등
돈을 받고 공연한 적도 있었다
지난 1년간 아파서 하지 못한 것들을
순차적으로 시도해 보려던 찰나
춤이 생각났다
개강 직전 급하게 춤 동아리에 가입했고
소집일에 모여 회식을 했다
그런데 내 몸이 내 맘대로 따라주질 않았다
4시간 동안 시끄럽게 울려대는 음악소리는
내 뇌를 흔들어 놨고
안무를 틀릴 때마다 지적하는 소리와
나를 쳐다보는 눈빛이 꼭 나를 해칠 것만 같아
가입 후 3일 만에 펑펑 울며 동아리를 나왔다

크게 좌절했다

공황장애가 내 모든 걸 빼앗아 가는 것 같았다

트라우마 상담 치료

매주 토요일 2시 강남의 한 트라우마 치료 센터에
상담을 받으러 간다
국내에 몇 안 되는 트라우마 치료 라이선스를 가진
선생님이 계신 곳이라고 했다
인형, 공, 뇌파 다양한 방법으로 치료를 시도한다
트라우마 치료는 상대적으로 일반 치료보다
훨씬 힘들다고 해 마음다짐을 하고 가지만
번번히 엉엉 울며 상담을 끝내곤 한다
그런 나를 위해 부모님은 매주 토요일
수고했다며 선물을 준비해 주신다
나는 그러면 그 마음이 너무 고맙고 감사해서
항상 한 번 더 운다

탈색

검정머리 단발이었던 내가
탈색을 했다
물론 이전에 빨주노초파남보
색이란 색은 머리에 다 칠해 봤다
오랜만에 하는 탈색이라
기분전환이 되진 않을까 괜스레 기대했다
어쩜 좋아 너무 잘 어울리는 거 같아
기분이 좋아졌다

빅스

내가 좋아하는 아이돌은 빅스다

한땐 빅뱅을 열렬히 사모했었다

콘서트란 콘서트는 다 갔고

모자, 반지, 컵, 스티커, 부채, 이름표, 슬로건,

빅뱅 앨범 굿즈 값만 해도 오백만 원은 나올 것이다

소위 말하는 빠순이 그 자체였다

고등학교 2학년

빅스가 11월 10일 「사슬(CHAINED UP)」

이라는 타이틀 곡을 들고 나왔는데

그때 내 눈에 레오가

내 심장을 퍽 치고 지나가는 것 같았다

그렇다 덕통사고를 당한 것이다

그 이후

36개의 앨범과 별빛봉을 열심히 흔들고 다녔다

고등학교 졸업 사진에도

빅스 포스터를 들고 학연이의 포즈를 따라 하며

찍은 사진이 남아 있다

남자친구

나이도 어리고 만난 지 엄청 오래되지도 않았지만
자연스럽게 결혼 얘기를 주고받는 남자친구가 있다
내가 힘들 때면 커피 한 잔을 사 주며
아무 일 없다며 날 지켜 주겠다고
꼭 안아 줄 때면 세상 따뜻하다
담배 끊을 결심을 하게 준 것도 너,
진짜 사랑을 받는다는 게 뭔지 알려 준 것도 너,
과할 정도로 치장한 모습을
단정히 만들어 준 것도 너,
야한 옷만 입던 나를
참한 여자로 만들어 준 것도 너
내가 많이 사랑하고 고마워

인공 잔디

푸르고 뜨거운 햇살에 목마르지 않고
시원한 물이 없어도 메마르지 않는
인공 잔디는 꼭 나 같다
겉으로는 멀쩡해 보여도
속은 죽어 있으니까

물통

나는 물을 하루에 6ℓ씩 마신다
약 때문에 목이 타서인지
담배 때문인지
1ℓ짜리 물통을 사 놓고
한 번에 벌컥벌컥 마시곤 한다
그러면 속이 조금 시원해진다

지나가는 사람

예전엔 성격이 너무 까칠해

지나가는 사람들과

눈만 마주쳐도

불도저처럼 씩씩 화를 내며

"왜 째려봐?" 하곤 했다

엄마는 옆에서 그런 날 달래셨다

에휴,

왜 그랬나 몰라

오버워치

공황장애를 앓기 직전
나는 오버워치라는 게임에 푹 빠져 있었다
종강날이 되면 그날부터는 내 세상이었다
사이버 친구들과 어울려 놀며
디스코드 방을 만들어 수다를 떨기도 하고
번호 교환도 했다
사회에서 인정받지 못하던 내가
인터넷에서는 웃기고 발랄한 캐릭터로 비춰지니
인기도 많았다
그래서일까 하루 20시간을 꼬박 게임에 쏟아부었다
엄마의 잔소리는 신경도 쓰지 않았다
아빠는 말없이 그저 한숨만 쉴 뿐이었다
지금은 차라리 게임이라도 신나게 하던
그때가 나았다고 종종 말씀하시곤 하신다

네일

어제 산 네일 팁을 떼어내고
또 새로운 네일 팁을 샀다
이번엔 시원한 바닷가를 연상시키는
조개 모양과 불가사리, 푸르스름한 큐빅이 박혀 있는
예쁜 네일팁이다
이번에는 며칠이나 갈까?

시험공부

내가 다니는 대학교는

코로나로 인해 대면 강의를 사이버 강의로 대체하였다

그런데 대면 시험을 본다고 한다

"코로나 때문에 사회 분위기가 이렇게 심각한데

어떻게 그럴 수 있어?"

다시 한 번 생각해 보니

놀러 다닌 적은 수도 없이 많다

참 이기적인 생각이다

병원

서울 대학병원의 안전병동 자리가 없다는 소식을 듣고
추천을 받아 하루를 서울에서 보냈다
나는 긴장되고 초조했고 자리가 있을지 없을지 몰라
고민에 잠을 이루지 못했다
나 때문에 며칠 잠을 설치신 엄마는
잔뜩 예민해져 있었고
몰래 방을 빠져나와 호텔 앞 편의점 의자에 앉아
남자친구와 통화를 했다
그렇게 두어 시간 통화를 했을 때
시간은 새벽 5시였다
얼른 시간이 갔으면 좋겠다고 생각했다
호텔에 들어와 화장을 한 후
'자지 말아야지…… 자면 안 돼……'
라고 되뇌다 잠에 들었다
호텔 조식을 먹고 그 병원을 찾아갔는데
의사 선생님은 심각한 환자들이 너무 많아
날 받아줄 수 없다는 얘기를 하셨다
절망스러웠다

울적

이렇게 밑도 끝도 없이 기분이 울적해질 땐
내 자신한테 뭘 해 줘야 할지 모르겠다
노래? 춤? 먹을 거?
아니야 다 아니야
그냥 이 늪에 빠져들어서
나오고 싶지 않아

터널

산 아래 뚫린 넓고 큰 구멍
내 마음에도 큰 구멍이 뚫렸는데
너 나랑 닮은 구석이 있구나?

졸음 쉼터

심리 상담 치료를 다녀오고 나서
갑자기 불안해져
잠깐 졸음 쉼터에 들렀다
텅 빈 벤치,
덩그러니 놓여 있는 자판기
내 마음이 허한 걸까
이 장소가 허한 걸까

카페 거리

녹차프라페를 시켰다
쭉,
한 모금 들이키고
목구멍으로 넘어가는 시원함을 느낀다
시원한 에어컨 바람,
시원한 음료수
그래서 그런가 내 마음도 시리다

작은 별

땅에서 봤을 때 아주 조그마한 별도
실제로 보면 아주 커다랗다고 했다
나도 별것 아닌 존재 같지만
사실은 아주 큰 존재일지 몰라

에세이집

내가 적은 글을 상담 선생님께 보여드렸다
"우와!" 하며 감탄하셨다
"원래 이렇게 글을 잘 적었어요?"
쑥스러웠지만
입가에 번지는 미소는 감출 수 없었다

말안해도 알잖아
내가 젤
잘났다는 거

고슴도치

우리 엄마는 아빠보고 '도치 아빠'라고 부른다
고슴도치도 자기 새끼는 예뻐한다고,
나에게 쏟아 붓는 사랑이 그와 닮았다며
도치 아빠라 부른다
엄마, 근데 엄마도 도치 엄마야

예쁜이
도치이드

구찌 반지

지금 손에 끼워져 있는 구찌 반지를 보니
기분이 좋아진다
난 명품 중에 구찌를 제일 좋아하거든
사치스러워 보일지 몰라도
이런 걸로 행복을 누릴 수 있다면
가끔은……
아주 가끔의 사치는 괜찮지 않을까?

파란 귀걸이

파란 옷을 입고 액세서리 상점에 들어가
반짝거리는 파란 보석 귀걸이를 샀다
반짝반짝거리는 게 너무 예뻐
옷에 잘 어울린다는 핑계로
이걸 사면 마음이 가라앉겠지 하는 핑계로
조심스레 구매했다

요즘 듣는 노래

빌리 아일리시의 「Come out and play」
같은 우울증을 겪는 처지라 그런지
내 마음을 너무 잘 대변해 주는 것 같아

듣지 않았으면 하는 노래

저스디스의 「Gone」
난 이 노랠 듣고 극단의 생각도 했다
그리고 이 노래를 들으며
내 몸에 씻지 못할 상처를 남겼다
난 아직도 이 노래는 듣지 못한다

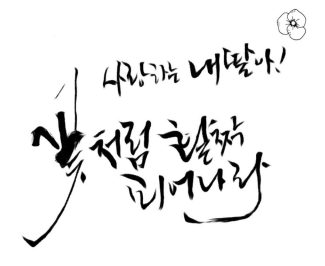

젤라또 카페

인절미 젤라또에
따뜻한 아메리카노
따뜻한 얼그레이티를 시키고
엄마, 아빠 앞에서
지금까지 적어온 글을 읽어 드렸다
아빠는 애써 다른 곳을 보시고
엄마는 눈물을 흘리셨다

구내염

잇몸에 구내염이 생겼다

따갑고 아프네

마음도 아픈데

몸도 아프면 어쩌자는 거야, 정말

나에게도 평온한 아침이 존재할 줄이야

새벽 4시 30분에 기상해 화장을 하고

5시 30분에 아빠를 깨워

빵집에 가 아메리카노와 빵을 사들고

경포 호수로 가 수채화를 그리고

드라이브를 하고

습지를 걸으며

꽃 한 송이 꺾어 머리에 꽂아 보고

화관을 만들어 머리에 써 보기도 하고

참으로 평온한 아침이야

힘든 척하지 마

"네가 왜 힘들어?
너희 집이 가난한 것도 아니고
가정불화가 있는 것도 아닌데"
슬픈 것도 자격이 있어야 돼?
그냥 힘들어 힘들다고

아픈 나의 청춘

티눈

오른쪽 엄지발가락에 큰 티눈이 있었다
마취 주사가 무서워 두고 있다
너무 커져 버려 병원을 갔다
마취 주사를 놓는데
의사 선생님이 자꾸 말을 거신다
선생님, 아파요!
저 아무 말도 못 하겠다고요!

개미

이 조그마한 개미도
제 살길 찾아보겠다고
이리저리 먹이 찾아
돌아다니는데
나라고 못할 거 있나

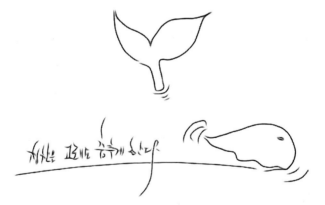

지치면 고래는 춤추게 한다

벽돌

아무리 단단한 벽돌이라도
망치질 한 번이면
부서지고 만다
내 마음도 그렇다
아무리 단단히 마음을 먹어도
금방 쓰러지고 만다

담장

저 담장 밖엔 뭐가 있을까?

도로 위를 달리는 차들?

예쁜 꽃들?

아니면 높은 빌딩?

아니야 그런 거 말고

희망이 있었으면 좋겠어

저 담장 너머에……

소나무

사계절 푸릇한 소나무도
여름 되면 땡볕 아래 햇살을 받느라
겨울 되면 시린 바람을 고스란히 맞느라
힘들겠지!
아프겠지!
그런데 사람이라고 안 그러겠어
모두가 아픈 경험 하나쯤은 지니고 사는 거지

밤 산책

저녁에 되면 우울해

항상 쭈쭈를 데리고 밤 산책을 나온다

우울할 때 고 복슬복슬한 걸 안고 있자면

얼마나 귀엽고 따뜻한지

내 가슴까지 포근해진다

다이어트

입원을 하고 밥을 제대로 먹지 못해
3킬로그램이 빠졌다
약 때문에 15킬로그램이나 쪘는데
잘됐다

나무

벚꽃 잎이 흩날릴 때가
엊그제 같은데
다 지고
벌써 푸른 잎이 돋았다
내 마음에도 푸른 새싹이 피어났으면

하늘색 가죽 가방

아빠가 사 주신 하늘색 가죽 가방엔
담배가 들어 있다
'아빠도 이런 나를 이해하고 선물해 주셨겠지'
생각하지만
이 가방을 들고 담배를 피울 때마다 결심한다
엄마, 아빠를 위해서라도 꼭 담배를 끊겠다고

연두 시계

아빠가 연두색 시계를 선물해 주셨다
여름이라 그런지
새파란 나뭇잎과 잔디들과
어울리는 것 같다
내 마음에 새싹이 피어나는 기분이다

모기

앗! 방심하는 사이 또 물렸다
짜증나

레이스 잠옷

새 잠옷이 생겼다

엄마가 사주신

핑크색에 하트가 그려진 레이스 잠옷

내가 원하던 잠옷이랑

꼭 맞아떨어져서

기분이 좋다

쓰레기통

이리 치이고
저리 치이고
안에 들어가는 것은 쓸모없는
쓰레기뿐
내 마음 속도 쓸데없는
감정들뿐

보조 배터리

배터리가 다 돼 갈 때
급하게 찾는 것
나도 다른 사람들에게
그런 존재가 되고 싶어
힘들 때면
내가 생각나는

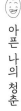

아픈 나의 청춘

연필

나는 연필

내 살들을 깎아 내려야지만

비로소 심지가 보이지

너도 그래

지금은 보잘것없어 보여도

세상살이에 부딪히고 꺾여도

어느새 네 진가가 보일 거야

돼지 저금통

예수 동행 일기를 적으면

하루에 천 원씩

노란색에 핑크색 코를 가진

돼지 저금통에 쏙 하고 넣는다

점점 속이 차올라 가는 걸 보니 뿌듯하다

나도 누군가가 내 속을 채워 줄 날이

꼭 올 거야

\<겨울왕국\> 피규어

일본에서 산 \<겨울왕국\> 피규어는
항상 미소 짓고
손을 앞으로 가지런히 모아
예쁜 드레스를 입고
고운 머릿결을 하고
제자리에 서 있다
힘들진 않을까?
지금도 내 옆에서 예쁜 미소를 짓고 있다
나도 저 미소를 닮았으면 좋겠다

핸드폰

난 친구가 없어 핸드폰 알람이 잘 울리지 않는다
흔히 말하는 '아싸' 같은 느낌이다
남자친구의 카톡 이외에는
아무에게도 연락이 오지 않는다
가끔씩 허탈하다
인생을 잘못 살았나 싶다

아픈 나의 청춘

낚시

낚시 바늘에 걸려 살아 보겠다고
아등바등 팔딱거리는 물고기들
내 심장에도 누가 바늘을 걸고
이리저리 조종하는 것 같아

에어컨

띠리링 소리와 함께
시원한 바람이 나온다
모두를 더위에서 벗어나게 해 주고
땀에 절어 힘들어하고 있는
사람에게 행복을 전달하는 에어컨
누군가에게 행복을 전달한다는 건
참 좋은 일이야

아픈 나의 청춘

전구

깜빡, 깜빡
수명이 다 된 전구가
지지직 소리를 내며 꺼진다
어둠이 찾아온다
있을 땐 몰랐던
당연한 줄 알았던 것들이
비로소 눈에 밟히고 느껴진다

포근함

자기 전 목욕을 하고
시원한 선풍기 바람을 맞으며
침대에 누워 있는 것만큼
세상 포근한 일이 또 있을까
그 포근함 아래에서도
쉬이 잠을 청하지 못하는 한 사람
무슨 생각이 있는 걸까?
무슨 고민이라도 있는 걸까?
그렇게 새벽 4시가 되도록
뒤척인 뒤 잠을 청하는 한 사람

피곤함

나는 일상이 피곤하다
잠이 온다는 게 아니라
그냥 피곤하다
삶이 무의미하고
지치고
힘들고
외롭고
피곤함에 찌들어 버린 것 같아

핸드폰 거치대

튼튼하게 자리를 잡고
핸드폰을 받쳐 주는 받침대
무언가를 뒤에서 받쳐 준다는 게
쉬운 일은 아닐 텐데

아픈 나의 청춘

옥상

학교 건물 옥상에 올라가
대문짝만 하게 서 있는
학교 이름 간판 옆에 서서
생각했다
'떨어지고 싶다'
친구들은 농담으로 말했다
"떨어져 봐 떨어져 봐"
진짜 떨어질 수 있었는데
나를 비웃는 걸 보니
차마 그러지를 못하겠더라

본드

누군가에게 정을 주면
본드처럼 달라붙어
그 사람에게 떨어지질 않는다
그런데 나중엔
그 사람이 지쳐
먼저 떨어져 나가더라

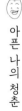

체중계

오늘은 몇 킬로그램이나 빠졌을까?
괜히 기대하며 체중계 위로 올라가
두 눈을 질끈 감고
실눈을 떠 바라본다
앞자리는 그대로네……
그럼 뒷자리는?
두 눈을 딱 뜨는 순간
실망한다
아…… 또 쪘네……

무지개

빨 주 노 초 파 남 보
알록달록한 색을 지닌 무지개는
그냥 나타나지 않는다
비가 온 뒤 하늘이 개어야지만
비로소 눈에 띈다
지금이 비가 오는 시기라면
나중엔 내 삶에도 무지개가 뜰 거야

졸업 앨범

괜히 추억 속에 젖고 싶어
중고등학교 졸업 앨범을 꺼내 봤다
으, 못생겼어
한 장 두 장 넘길 때마다
반가운 얼굴들이
하나둘씩 보인다
다들 어디서 뭘 하고 있을까?
꿈을 벌써 이룬 친구들도 있을까?
내가 인생의 공백기를 가졌을 때
이 친구들은 열심히 노력했겠지
허탈함만 남겨 두고 졸업 앨범을 덮어 버렸다

벽지

내 방 벽지에는 흰색에
약간의 노란빛이 들어간
민들레 패턴이 새겨져 있다
좋아하는 아이돌 포스터를
압정으로 꽂아 놓느라
온 곳에 송송 구멍이 나 있다
내 마음처럼

모형

나는 여러 가지 모양을 지니고 있다
기분이 나쁠 때는 세모
기분이 좋을 때면 동그라미
그저 그럴 때면 네모
그런데 요즘 동그라미가 보이질 않는다
어딨어?
나 좀 찾아와 줘

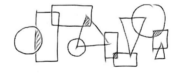

행복

행복이란 것이 별것인가
숨을 쉬고
자연을 만끽하고
신나는 노래도 듣고
친구들과 웃고 떠들면
그게 행복이지

홀로

화병에 홀로 덩그러니
놓인 꽃 한 송이
한 입 베어 물고
내다 버려진 사과
홀로 보면
외롭기 짝이 없다
그러나 이 보아라
홀로인 것들도
함께하니
빛을 발하지 않는가

장미

썩어가는 검정색 이파리 하나가

뚝, 떨어진다

뚝, 뚝

그 날카롭던 가시도 무뎌져 간다

무언갈 얻으려면

아픔도 가져야 하는 법

그 아픔을 등에 지니고 다니다 보면

익숙해지는 그것

그땐 몰랐다

"너 왜 안 오니?"
"밥은 먹었어?"
"몇 시에 올 거야?"
"옷을 왜 그렇게 입어?"
그땐 몰랐다
나를 향한 관심인 줄
그땐 몰랐다
지금이 행복한 순간인 줄
그땐 몰라서 그리도 모질었다

마지막 이야기

벌써 마지막 이야기를 쓸 시간이 됐다
글을 쓰느라 시간 가는 줄 모르는 행복한 시간이었다
만약 혹시라도 이 글을 읽는 사람이 있고
그리고 공황장애 때문에 힘들어하는 사람이 있다면
공감하고 힘냈으면 좋겠다는 작은 바람이다
우리 모두 힘내자! 파이팅!